義無反顧

【陳綺。著】

灰白的天幕抖落等待誤點的彩虹
黑夜卻只能跟隨破碎的夢
我愛你直到……世界最終的落日

序

當思念形成了詩、總想把所有等待、疑惑、沮喪
都埋入句子與情節
未來的憧憬與想像、在城市的巷弄流浪
愛情無論多遠、走不完的旅程告訴我們
所有可能會發生的夢想

注定的故事總是沒有結局
在生命的空白處
典藏一個永遠缺席的畫面

讓今世間的失落在腦海裡沉沒
感受美好的簡單
以星辰的姿容退去……迷路的靈魂

陳綺　二〇一〇

目次

輯一

義無反顧

一

時間的聲音盜走夜晚的情緒

你無私地擁抱
我悄悄期待的世界
不太偉大的夢境

二

所有的夜晚，與影子傾身盜聽沉重的往事
看不到抵達的荒老，埋葬缺少翅膀的回憶
我們以早就成了傳說的愛，共渡餘生

三

縮寫一字字美麗的遺言
封藏我裝滿相思的初稿
等待晝夜從此懂我們無私的愛

四

夕陽憔悴地為黑夜彈奏相遇的序曲
每一滴未擦乾的淚如此牽腸著
被你一再遺失的想念

五

記憶追溯我們的曾經
相逢與別離無盡地出發

一生奔馳的宿命
在世界的每一個角落
留下我們不再執意的迷航

六

深情的摯愛……緊繫於兩顆心
未完的等待……已成永恆的樂章
串串的悲歌……都只為百死無悔

獻給我們年輕的愛

七

不為人知的秘密
深怕洩露的表白
今生未及實現的承諾
你是無言的歌者……

獻給我們小心翼翼守著的美夢

八

在滄海與桑田
我們是時間的主人
在年歲的巷弄，療傷追想
無海約……天不容的一句話

我是如此願意相信、飄渺的神話、無盡地想念著星河的依戀

九

彩虹還是失去了親愛的陌生人
愛情留在當年的傷口
悲與喜終究埋的更深

我們與困於百年的孤寂
相約在生命的岸邊
起起落落……牽牽絆絆

十

你把夢倒進
我僅有一篇的刻骨銘心
千頭萬緒的思念
凋零為……
今生最美麗的謝幕

十一

日子留在層層死亡的夢境
用血淚書寫的文字
甜蜜你一世，回憶你一生

最終，我的流浪
沒有風沒有方向的遠行中度過

文字開啟愛情的命題、雲彩鋪成的銀河
尚未讀完、一頁頁的情節

十二

久遠的往事揮不走
浩瀚心圖裡的每一道淚痕

花開
只為點綴
空虛的一曲誓言……

十三

沒有風，更沒有方向的夢境
我飄零的身世
用雷聲，或者詩句
漆封一幅永恆的秘密

再多的淚也抵擋不了、愛隨夜幕落下

十四

離別的淚望不見，相會的時刻
未來終止於前進的路
就讓今生積成來世
你將是我要想念的戀曲

十五

初戀是晨曦要往幸福的道路
而盛開的煙火奮力挺進
一場華麗的愛情盛事

十六

我是你隨心波搖曳的
　　曼妙舞者……
雖然是條不歸路
　　我卯足勁……
向你不設防的心奔去

輯一｜義無反顧

十七

以無限的思念
試圖將你未讀的訊息
永遠埋葬……

你的所愛我的所有
在故事的最終結局墜落
夢是唯一守著歲月的句點……

十八

愛情是一部難以落幕的戲
就算在最遙遠的兩端
我們仍藕斷絲連

十九

等待一場意外的相遇
接續前世與今生，滅不盡的緣

雖然沒能保證
我何時是你親手捧住的那份心痛
我將逆著光躍下，苦心覓得的愛

二十

點醒，沒了守候的這一季
在繁花盛開的旅途
帶著你的道別
我的夢想與希望，堅持
生命相守的想念

二十一

距離沖淡了無數個童話故事
隱藏的回憶終究會變成深厚的傷口

讓我的罪，換取你自責與回饋
在遙遠的思念彼端
我的愛……依然停留在破曉的微風

二十二

我是光和河彈奏而成的水流
隱藏在年輪紛亂的漲潮
為的是……能一睹暗夜裡的星宿

你冷漠的背地裡、隱藏了多少我心碎集成的愛

二十三

用微顫的筆觸，做為夢向你的旅途
淚眼交迫的誓言，試圖撫平每一個傷口

幸福的結局存在遙遠
像山谷一樣的黑夜中
我會等候你遲來的思念

二十四

永恆正如一句淒厲的誓言
我的呼喊是你久遠的往事了

關於真理、悲傷、猜疑、都深陷於愛情的泥層裡

二十五

我走出最後露出的黎明
拒我在外的愛，重寫我們的來世

故事從時間的刻度出發
我義無反顧……忠實於你短促的停歇

一篇篇四月的想念
凋零只為結痂的傷口

有一種愛永難癒合、只在生命底層翻騰

二十六

易碎的愛情，疊疊重重
無以感知，生命的風
會在哪一座山的中心呼嘯而過
我沿著初始的神論
繼續尋找下一個奇蹟

二十七

謊言踏上崎嶇的路
山陰的風景，心繫於結局或開始
我們在生死未卜的愛情裡
預先埋下今生的誓言

二十八

將時間剪成一幕幕的愛
讓整個世界只剩我們跌跌撞撞的流浪

不曾有的喜怒，從彼此的眼眸出發
那些偽裝的詩句，成為我們
一分一秒，一日一夜，不能停止的想念

二十九

無關……風靜雨止
落葉魯莽地驚醒了
古老的愛情故事

三十

黃昏的門扉是一齣寂寞完成的戲
風在落日的餘溫裡向赤裸的傷口致敬
日子卻在等待中背負著過多的磨難

夢想的希望已片片走黃、時間相對無傷

三十一

影像的階梯描寫虛構的時間
屏息的波濤無法解讀雨的秘密
醒時的夢論述著來世的命運
所有的美好相約在點不起燈的今夜盛開

三十二

解不開美夢交纏的結
我的愛在你偶爾失神的瞳仁裡
帶著歲月的傷痕，陪你到老⋯⋯

三十三

思念在夢與現實的缺口逐漸老去
守護神來不及參與月色遽逝
晚風和島嶼最怕陌生人

史詩般的愛情故事在夢鄉等待年輕的遠航
雨幕越過綿延的大地
所有的風煙在起點和終點孤獨地行走

那天下了一場大雨、窗外的景色感覺好孤獨、尤其是這片大地
每次都要悶聲不響地忍受著、四季無情的肆虐

三十四

洶湧的波濤崩裂的海洋比夢更年輕
流浪的黃昏在生命的方向盤
盈盈逆風讓花叢隨記憶起伏
無法傳遍的思念在十二月的初雪歸隱

三十五

灰白的天幕抖落等待誤點的彩虹
黑夜卻只能跟隨破碎的夢
我愛你直到……世界最終的落日

輯二

長長路

一

難言的愛，都有我們血脈寫成的痴情
人們的滄桑喘喘存在
生與死之間巨大而廣闊的
只有淚的遺址

二

黑夜的寧靜，佔據我千種心意的淚
暈黃的字海，僅剩
我最後的話別，心跳的距離

三

昨夜的長風……送走
天荒與地老

在愛情的河流裡
全是你又遠又近的留白

四

你深情的面容絕望在
我沉默的悲傷裡
難言的重逢，像一首美麗的歌
只能將它繫於，禁閉的日子

五

思念的夢已生根
在荒涼的心園裡，痴情守候著
滿目瘡痍的足跡

怎麼樣才能完整記住、日益巨大的愛

六

我是無盡的出發
固執著你每一次離去的理由
那早已碎成粉末的夢想
掌握著我們心跳的距離

七

十月的風輕輕掃落倉皇的時光
愛所到之處無法抹去眼角的淚
我是黑暗虛實中早被你遺忘的方向

八

雪白的夢深織著
不屬於我們的故事
是否連憂傷也遊進了，時間的銀河

你蓄著傷勢的足音
追尋，不知方向的旅程

九

希望你看不見
我傷痛的淚

不要深度懂得割捨或放下
終究它將會抵達……充滿回憶的遠方

我們的手心竄出逾牆的愛、佔領所有漂泊的時區

十

少了月色的相伴
深夜，再也憶不起夢中的秘密

昨夜的淚痕流向心做的冰河、不忍退場的旋律就讓夢延續著……

十一

時間正串起遭解的命運
在輪迴的起點上
你的今生與我的來生
　靜待……
幸福從夢的另一端歸來

十二

記憶不曾抹去我們千千萬萬遍的等待
時間和歲月是我們殘餘的淚滴
帶往前世今生的輪迴轉世
再續我們未完成的永恆

十三

徘徊不去的音符
思思念念地在沙風中
我為你流盡的最後一滴淚
聯繫著我們綿長而細密的牽掛

十四

如果，將我們的愛
拉成一條垂直的線
那便是
最遠的距離……
最長的度量……

十五

一句短短的叮嚀
即使分隔千里兩地
兩顆心永遠沒有距離
說不完的故事，無憂無慮地出發

再多的風雨
每一齣精彩的戲碼，都是幸福烙下的魔法

十六

我深情的筆觸妝扮不了
你日日生色的愛

我向眾生祈福
希望你在天涯海角
找回我沖不淡的想念

愛即將閉眼的時刻、我屏息瞑目、不曾被你翻閱的年歲

十七

冰冷的夢懂得心碎
等待一切都是虛無的
想念是回憶中的一部份

灼熱的淚，加快了心跳的距離
幸福是我永遠到不了的世界

停停走走的列車不再回到舊城、會痛的傷就讓長長路帶走

十八

所謂永恆
是我們錯身而過的童話
宛若，你無法捨棄待續的故事
我將是你覓尋不得的前世

十九

各自的情感波濤洶湧成潮
離開或靠近，我們沒有明確的方向

我是你遠洋的夢想
或是你隱身的願望
我是你歲月走過的足跡
或是你忘了帶走的一串思念的淚珠

二十

希望的蓓蕾，孤單地夢著
封凍於天涯海角的千年之愛

二十一

把悲傷偽裝在
不願相隨終生的誓約
下一個相逢與別離，會在日光升起的方向
光陰一再上演，奔跑或停留的劇情
等待和被等待空蕩漫延
我是你未能相逢的領域裡
忽明忽暗的一顆心

二十二

用時間等待，沒有影子的光
椎心的洪荒，虛幻向逝去的年歲

永恆的愛須要痛苦、疑雲堆積的每一道幻影、
如每一則太清晰的神話

二十三

在相遇的背景裡梭巡
來不及痊癒的傷痛
記憶的城牆碎裂成
聚首，遠離的行囊

你注定是我握不住的盼望
虛與實之間的愛
遠不過我們的距離

二十四

在一切的傳說裡
才能等到一場美麗的相遇
我流水般的思念
在愛情的深凹消失，沉淪

記憶是你延伸的影子
畏懼的遙遠滴成了，不能進退的兩難
沒有落日，沒有清晨的歲月裡
我深刻地記住你……

輯二｜長長路

二十五

一點一滴的心意
終我一生長長的年歲
生命未落幕前的場景
在必然的角色
在你旅途與淚水中
我會刻意隱藏好自己

深深的愛讓疼痛的淚說明、願永恆願意殉身於愛的深淵

二十六

我來自無邊的情海
一生一世追尋，溫柔的依靠

命運牧著長長的去路
懸在心上的夢的翅膀
注定要突不破
愛……層層的陰霾

就算我的心我的時間、早已不堪疲憊
有一種莫名的動力、促使著我一直為你走下去

二十七

時間在早衰的意圖中
失去所有的夢境

黑暗走過最後一盞街燈
生與死兩點之間，守候的是
一切無法解析的傷口

二十八

上蒼憐憫，用淚光煉淬出的希望
因為夢的緣故，成群結隊的懷抱
　早已消失在過去
我留下剩餘的日子
心以最沉默的態度……愛你

二十九

從你的愛情，可以望見我的思念
與世無爭是我迷途的困頓

在深澈的藍天與悲愁的淚水中
廝守著，點不燃的承諾
儘管你是光芒交會的剎那而已……

我最愛的星星、見到你只是剎那、不過你永遠在我心裡面

三十

一個鈴聲等風意外的擦身
故事的殞落原來是那麼痛
夢想在一點一滴的實踐中
幻化成另一個情節的再生
你在休止符裡反覆播放著
消失不盡的回憶……

三十一

鋒利的黑暗是你偽善的裝飾
我清幽的長長路，在七彩石子上
四面四端你落寞的留白，一直是徘徊的

月的低垂與海的起伏，是我說不出的秘密
前世的約定將帶遠我，不再受控制的飛翔

　　唯有等愛過境
我們絡繹不絕的想念，我們瞬間的對望
　　將獲得永生……

獻給……因戰爭而顛沛流離、離鄉背井的人們

輯二｜長長路

三十二

是什麼樣的牽絆，迫使你不忍離去
你猶溫的叮嚀，填塞我一長串的思念

回憶的一行行文字
寫滿在，你已上鎖的行囊

神聖的注定承受著，錯誤的結局
我們是旅行的驛站留在夢裡，無法解讀的殘餘

致……遠在天堂的雙親

輯二｜長長路

三十三

我總是追不上，你旋風般來去的心事
當世界對我微笑，我和你，只在一頁書上
許多的往事只為了證明，我們曾經的相遇

多雨的季節相望於，來不及嘆息的陳年
在漸漸泛黃的思念裡，我仍留有已淋雨的夢境
你美麗的遠景，不是我所能參與的

九月一樣不動不恨地接受了極冷的風

夜晚把焦慮的雲輕輕掃落
我們皆是海誓山盟中，無法生存的新生命

輯三

在無盡的旅行中……

一

你不言不語的心事
看得到我們疲倦的相逢

當風吹醒了，愛情的酸甜苦辣
奔竄於淚水裡的繾綣
溶化在漂泊的字海

二

文字隨著窗外的那一場雨
淹沒我前行的方向

十二月的寒冷圍繞在艱巨的記憶
夕陽畫出海洋與天空的交界處
往日的情懷到下一站陌生的夢境

三

日暮前的每一座城市
彷如，你一路丟棄的記憶
夢境不過是層層結巴的傷口

四

孤獨的月光……漸漸隱身
你昨夜的夢……是我靈魂的歸宿

五

風帶著淚，狂嘯而下
記憶的長河，步向海洋
那段過去的依偎，默數著悲傷

一句句枯萎的誓言
讓邂逅和結局，毫無目的地無限延伸

六

當時間穿越沉重的往事
我是無法打開你心扉的那扇窗
只有凋零的花瓣，懂我
不能到訪你內心的無奈

七

海與天永隔的互戀
注定要無緣到老

是誰劃清了他們的界線
直到生命終點
還是無法見證
滔滔不絕的思念

八

晚風守住遙遠的星空
涓涓溪流，找不到回家的方向
寒冬的殘月
彷彿是旅人
朝思暮想的異鄉

九

落葉是大地，沈痛的記憶
就像未來，充滿了未知

十

思念又悄悄翻過一頁
偌大的隔絕，讓童話不再延續
你的包袱，將是我無止盡的歸宿
在迷失的未知裡，我會一樣滿足

思緒被阻擋在消散的光、我的愛喬裝成年輕的星子
在夢境交錯的通道中、永恆地年輕著……

十一

把悲傷銘刻在靈感編織的夢
無從預知的追逐裡
時間是不能救贖的傷勢

在不同的起跑點
幸福的續篇，訴說著
我們曾經的故事

十二

旅行的驛站，不因你無聲無息而退色
所有的傷痕，終聚成淚

我們的場景，在記憶的城堡裡
凝聚成不同的結局

我在某一輪的光陰裡，尋找出你要的答案
忘歸的人，我也在等待著你更寬容的激流

十三

愛情在你我的疑惑中不停地漂流
奔跑或倒數的歲月，荒蕪已久
在七彩奪目的夜空，你還是無法掛上我的等待

所有不快樂的音符
因時間而斑駁成罪與自責

十四

我流浪的身世，穿過回憶的長廊

哪裡才是終點，在迷失的地圖裡，

無悔約地守候……

夢想早已毀滅在這般的冒險中

就當今生熱情姿意綻放的傾慕

前世我對你的虧欠

十五

淚染的歲月，改變了愛的方向
在浩大費解的輪轉中
我們必須重新命名自己的身世

十六

垂落的黃昏等待著破碎的月色
夢推開了逆光的哀傷
愛在風風雨雨中即將溶化

除了從沒有甦醒的永夜、天堂裡我們都有個位置

十七

回憶的第一場風雪，禁錮所有的希望
你的天空我的轉角，落在下沈的夕陽
我們持手羅盤上的星星

不夠漫長的等待，在傷勢中目送
我和你，不可逾越的情愁

落了一地的葉黃和、散了一地的心、總是有隔閡

十八

微風拂過曾經的滄海桑田
思念浩翰卻無法承載
試圖回到從前的記憶

在象徵永恆的地方
我們唱著同一個夢想

愛存在的藉口，消失與來到
荒涼如一齣，悲劇的落幕

十九

我們肩起，沒有章節的行囊
追尋輕輕逝去的夢想
沿途的點滴，都成了你我的表情

拼貼的記憶，我們都已淡忘
在無盡的旅行中……
愛……在你我伸手不及的遠方

夢想即將實現除非我們忽略了沿途的風景
否則愛依然在連星星都無法點綴的遠方

二十

思念溫暖一湧而入失序的季節
等待是命運的連繫，可望而不可及
胸口的劇痛，盼不到銀色的翅膀

夢在黑夜的那頭，履行一段漫長的旅程
流星沒能帶來每一個人的願望
在最深的回憶裡……我想念你

二十一

風搓揉著散落一地的葉
燭光燃燒著每一段傷心的故事
記憶被保存在黑夜的懷抱
愛情在漂流的疑惑中停停走走……

眼前一片全是你前世的足跡、帶著夢想的列車始終沒來

二十二

夢的深度傾訴著我的愛慕
思念凝固成忘記疼痛的傷痕

當希望逐漸漂向遠方
當心的碎片被埋葬到空虛的過去
在那瞬間，你才能發現
我收不回，又遲遲無法墜落的依戀

二十三

愛情在你我的擦身中
只留下一個問號
我們的歲月，穿過
驚天動地的每一道雷聲
我該如何在灰燼的路途上
沒有痛苦地擁有，染血的幸福

二十四

相思在浪濤中等夢歸來
我們不能救贖的動念
殘留於看不到抵達的荒老

時間輪替記憶的長河
月依舊升起又落下
青春的遺骸，隨風帶走空白的歲月

二十五

浪在傳遞著斷腸的思念
黑夜裡只剩愛情的紋理
這場詛咒吞食所有的罪行

靈魂之外，一切均處於
等待答案的夢想

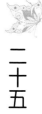

二十六

永不停止的想念
才是象徵永恆的地方
愛在不再抵擋與退讓中釋放

你散落的行囊是我最脆弱的力量
五彩的霓虹，不停在任何地方
流星已無數次，劃過天際
我們從未說出想要的願望

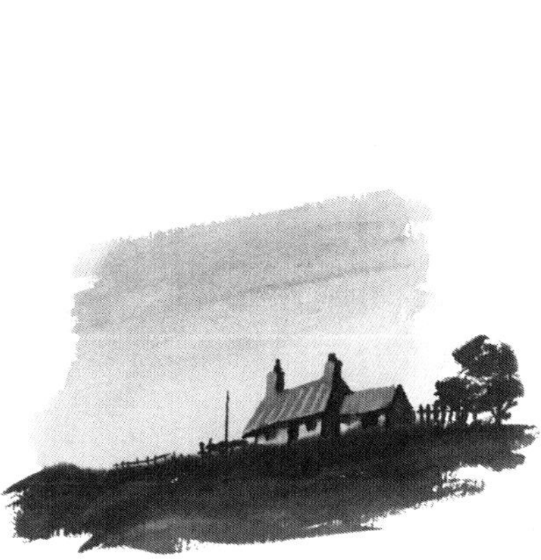

二十七

我們是一場沒有歸屬的等待
在歲月的空白處，寫下斑斑的思念
往事規律的軌跡，是我們唯一的抉擇
所有的回憶填滿腦海，不要夢想的實現
一天走過，一年，然後，一生，一世

二十八

這段距離改變了你慣有的位子
我在你走不出的迷網裡
也在你走不進的記憶裡
我的夢想總在你疾駛中蒸發

我們一起踩著漫長的明天
銀白的月光覆蓋著我們某段歷程
我們還有多少愛？可以隱藏在
未知那端的冒險……

二十九

甜美的童話塵封愛所有的風華
失去的光陰壓不住年輪的滋長
經過一頁頁的翻轉
我現在是你可能會愛上的模樣
換不回的一切，把我們相隔的好遠
流盡的淚也沒能澆熄，你心裡的光火

三十

旅途的陽光熱切擁抱
我一路想你的思念

筆直的人生叫漂蕩
竟是無法回航的單程

如果來時的路、留下一則完整的故事
我們將得以返回、荒涼的年份

三十一

半落的夕陽總是最晚抵達
喜怒與哀愁悄悄告別昨日的時光
誰為我們擦拭殘缺與破碎的淚

風帶來絲絲的細雨、愛情的中心
仍然是逆時鐘的漩渦

三十二

學會愛以後，我們沒有了恨
過去的年華，蜿蜒在青春的巷道
一再相信的誓言，卻是不存在的遙遠

時序進入更加繁複的心境
城市的霓虹燈，秘密地包容我們
無法實現的夢想

三十三

堅定包容的深情，沒有路標與方向
信心的盡頭，只存在關於愛或不愛的真相
生命的熱情釋出，滄海桑田的曾經
天荒與地老，在現實與殘敗的夾縫
化作淚流款款落下……

三十四

我尚未盛開，卻要匆匆凋萎的宿命
或許我的夢想在遠方
我可以朝著看不見的遠方去
不過，我知道這迂迴曲折中
你的愛情毫無蹤跡

我每一個新希望，將繼續喪失方向
我無能違抗，那真潔的獨幕戲
只能站在未完成的自己裡，凝望著你

直到窮途末路，帶淚的詩句
是我唯一一處，棲身之地……

後記

我們只剩下粉碎了的心
我想你是樂觀的吧！
而我必然也是
如果用最後的宿命，丈量
愛……對我而言只是一片虛無的無限深度

我們都該學會鬆手，只為了守候
如果活著就能相愛
那我便是一場，失去季節的風向

我們的抵達全是斷垣殘壁
眼前推不開的歲月
有如時光無限延伸

我用想念來填補
不為人知的呼喊，沒有回憶的風景

心……您已蒼老
最終我還是無法為您獻上，美麗的結局
滿是傷痕的山盟海誓
是我們今生僅有的見證
幽暗夜裡的殞星，為我們輕輕嘆息

愛絕非不捨而擱下的不捨
恨沒有充滿我們
我們把故事寫進夢中

美好的歸屬無人抵達
也始終沒有人願意擦身而過
過去與未來如陣陣海潮
我把悲傷的眼淚，向永恆存放
最後將命運難卜的飛翔，放逐
被遺忘的人生……

陳綺　二〇一〇

語言文學類　PG0463

義無反顧

作　　者 / 陳　綺
責任編輯 / 林世玲
圖文排版 / 鄭佳雯
封面設計 / 陳佩蓉

發 行 人 / 宋政坤
法律顧問 / 毛國樑　律師
印製出版 / 秀威資訊科技股份有限公司
114台北市內湖區瑞光路76巷65號1樓
電話：+886-2-2796-3638　傳真：+886-2-2796-1377
http://www.showwe.com.tw
劃撥帳號 / 19563868　戶名：秀威資訊科技股份有限公司
讀者服務信箱：service@showwe.com.tw
展售門市 / 國家書店（松江門市）
104台北市中山區松江路209號1樓
電話：+886-2-2518-0207　傳真：+886-2-2518-0778
網路訂購 / 秀威網路書店：http://www.bodbooks.tw
國家網路書店：http://www.govbooks.com.tw
圖書經銷 / 紅螞蟻圖書有限公司
114台北市內湖區舊宗路二段121巷28、32號4樓
電話：+886-2-2795-3656　傳真：+886-2-2795-4100

2010年11月BOD一版
定價：180元

國家圖書館出版品預行編目

義無反顧 / 陳綺著. -- 一版. -- 臺北市 : 秀威
資訊科技, 2010.11
面； 公分. -- (語言文學類 ; PG0463)
BOD版
ISBN 978-986-221-630-9(平裝)

851.486 99019378

讀者回函卡

感謝您購買本書，為提升服務品質，請填妥以下資料，將讀者回函卡直接寄回或傳真本公司，收到您的寶貴意見後，我們會收藏記錄及檢討，謝謝！
如您需要了解本公司最新出版書目、購書優惠或企劃活動，歡迎您上網查詢或下載相關資料：http:// www.showwe.com.tw

您購買的書名：________________________________

出生日期：________年________月________日

學歷：□高中（含）以下　□大專　□研究所（含）以上

職業：□製造業　□金融業　□資訊業　□軍警　□傳播業　□自由業
□服務業　□公務員　□教職　□學生　□家管　□其它____

購書地點：□網路書店　□實體書店　□書展　□郵購　□贈閱　□其他

您從何得知本書的消息？

□網路書店　□實體書店　□網路搜尋　□電子報　□書訊　□雜誌
□傳播媒體　□親友推薦　□網站推薦　□部落格　□其他__________

您對本書的評價：（請填代號　1.非常滿意　2.滿意　3.尚可　4.再改進）

封面設計____　版面編排____　內容____　文／譯筆____　價格____

讀完書後您覺得：

□很有收穫　□有收穫　□收穫不多　□沒收穫

對我們的建議：________________________________

____

____

____

請貼
郵票

11466
台北市內湖區瑞光路 76 巷 65 號 1 樓

秀威資訊科技股份有限公司　　　收

BOD 數位出版事業部

（請沿線對折寄回，謝謝！）

姓　　名：＿＿＿＿＿＿＿＿＿＿　年齡：＿＿＿＿　性別：□女　□男

郵遞區號：□□□□□

地　　址：＿＿＿＿＿＿＿＿＿＿＿＿＿＿＿＿＿＿＿＿

聯絡電話：（日）＿＿＿＿＿＿＿＿＿＿（夜）＿＿＿＿＿＿＿＿＿＿

E-mail：＿＿＿＿＿＿＿＿＿＿＿＿＿＿＿＿＿＿＿＿